Vente le Vendredi 14 Juin 1867.

MEUBLES D'ART

DE

DIVERSES ÉPOQUES

Exposition publique le Jeudi 13 Juin 1867

Mᵉ **CHARLES PILLET,**
COMMISSAIRE-PRISEUR

M. **CHARLES MANNHEIM,**
EXPERT

1867

CATALOGUE

D'UNE RÉUNION DE

MEUBLES D'ART

DE DIVERSES ÉPOQUES

EN BOIS SCULPTÉ, EN ÉBÈNE INCRUSTÉ D'IVOIRE,
EN BOIS SCULPTÉ ET DORÉ, etc.

**Armoires, Lits, Tables, Consoles, etc.,
de la Renaissance et des époques Louis XV et Louis XVI;
Beau Contadore;
Bronzes d'ameublement; Faïences;
Objets variés.**

DONT LA VENTE AURA LIEU

Par suite du changement de domicile de M. A... D...

HOTEL DROUOT, Salle N° 5

AU PREMIER

Le Vendredi 14 Juin 1867

A DEUX HEURES.

Par le Ministère de Me **Charles PILLET**, Commissaire-Priseur,
rue de Choiseul, 11,
Assisté de M. **Charles MANNHEIM**, Expert, rue de la Paix, 10.
Chez lesquels se trouve le présent Catalogue.

EXPOSITION PUBLIQUE

Le Jeudi 13 Juin 1867, de une heure à cinq heures.

CONDITIONS DE LA VENTE

Elle sera faite au comptant.

Les adjudicataires payeront *cinq pour cent* en sus des enchères.

____

Paris. — Imprimerie de Pillet fils aîné, 5, rue des Grands-Augustins.

DÉSIGNATION DES OBJETS

Meubles

1 — Beau meuble à deux corps, à quatre portes et à tiroirs;
en bois de noyer richement sculpté à cariatides, figurines,
mufles de lion et ornements. Il est surmonté d'un fronton découpé, orné, ainsi que les portes, de figurines en
ronde bosse, et il repose sur des lions couchés. Travail du
XVIᵉ siècle.

Haut., 2 m. 40 cent.; larg., 1 m. 15 cent.

2 — Grand et beau meuble de forme monumentale, à deux
corps, en bois d'ébène enrichi d'incrustations d'ivoire
gravé, représentant des médaillons, des groupes de
figures, des cariatides et des ornements.

Le corps inférieur du meuble est à portes et à tiroirs.
Le corps supérieur offre deux montants garnis de ti-

roirs, et le milieu présente deux portes vitrées formant étagère.

Il est surmonté de trois niches décorées de groupes de figures et d'ornements.

Travail italien, style Renaissance.

Haut., 2 m. 65 cent.: larg., 1 m. 85 cent.

3 — Grand meuble à deux portes de forme contournée en laque noir décoré d'oiseaux, de fleurs, de paysages et de chimères en relief, en couleurs et or. Le haut cintré est surmonté d'une chimère en bois sculpté et doré.

Haut., 2 m. 75 cent.; larg., 1 m. 40 cent.

4 — Meuble à deux corps; le bas, formant bureau à dos d'âne, est garni de tiroirs; le haut ferme à deux portes et offre à l'intérieur deux rangs de tiroirs.

Ce meuble est décoré de figures chinoises dans des paysages se détachant en couleurs sur fond laqué jaune. Les encadrements sont décorés d'ornements d'or sur fond bleu.

Haut., 2 m. 10 cent.; larg.; 1 m. 50 cent.

5 — Très-grande et belle table à quatre faces en bois sculpté et doré en divers tons d'or; enrichie de guirlandes de fleurs et entre-jambes à tore de lauriers et vase. Le dessus

est formé par une plaque de marbre brèche d'Aiep, de très-belle nuance. Époque Louis XVI.

Long., 1 m. 94 cent.; larg., 1 m. 03 cent.

6 — Crédence en bois sculpté à panneaux de style gothique décorés de fleurs de lis et surmontée d'une étagère. Les ferrures sont découpées à jour, et les côtés offrent un décor analogue à celui de la face principale.

Haut., 2 m. 45 cent.; larg., 97 cent.

7 — Beau bureau à cylindre du temps de Louis XV, en marqueterie de bois de rose, richement garni de bronzes dorés. Deux bras porte-lumières en bronze doré ont été rapportés sur les montants cintrés.

Larg., 1 m. 50 cent.; haut., 1 m. 12 cent.; profond., 82 c.

8 — Meuble de salon du temps de Louis XVI en bois sculpté et doré, garni de tapisseries décorées de figures d'enfants et de sujets tirés des Fables de La Fontaine. Il se compose de : un canapé et huit fauteuils.

9 — Petit bureau Louis XIII à dos d'âne, en marqueterie de bois à fleurs de couleur sur fond noir.

Larg., 70 cent.

10 — Table Louis XVI en bois sculpté et doré à quatre faces. Le pourtour se compose de rinceaux découpés à jour, et l'entre-jambes est orné d'un vase. Dessus de marbre blanc à moulures.

> Long., 1 m. 19 cent.; larg., 70 cent.

11 — Autre table Louis XVI en bois sculpté et doré ; le dessus est garni de drap rouge, et le pourtour est sculpté à canaux creux.

> Long., 1 m. 05 cent.; larg., 66 cent.

12 — Jolie console Louis XVI à côtés cintrés, en bois sculpté et doré, à large frise à rinceaux découpés à jour, médaillon et guirlandes de fleurs. L'entre-jambes est orné d'un vase, et le dessus est garni d'une tablette en marbre brèche.

> Larg., 1 m. 38 cent.

13 — Grand dressoir en bois de chêne sculpté ; le bas à portes pleines et tiroirs, décoré de bustes de femmes en bas-relief et de mufles de lion. Le haut, à deux tablettes et corniche, offre des montants à cariatides ; les côtés sont garnis de tablettes se tirant à coulisses.

> Haut., 2 m. 45 cent.; larg., 1 m. 47 cent.

14 — Autre dressoir en bois sculpté ; le bas offre deux portes pleines décorées de figures de saints personnages sculptées

en bas-relief. Le haut est garni de trois tablettes suppor-
tées par des colonnettes carrées et se termine par un
fronton décoré d'ornements et d'une tête de chérubin.

Haut., 2 m. 55 cent.; larg., 1 m. 70 cent.

15 — Petit lit Louis XVI à quatre faces en bois sculpté et
doré, enrichi de colonnettes à cannelures torses.

Long., 1 m. 95 cent.; larg., 98 cent.

16 — Toilette de forme cintrée en marqueterie de bois garnie
de bronzes dorés, et tablette d'entre-jambes. Le dessus de
marbre supporte deux colonnettes ainsi qu'une glace avec
cadre en marqueterie de bois et bronzes dorés. Époque
Louis XVI.

Larg., 92 cent.

17 — Petit cabinet et sa table-support, plaqué en bois noir incrusté de filets d'ivoire et garni d'ornements en bronze
argenté.

Haut., 1 m. 33 cent.; larg., 83 cent.

18 — Meuble d'entre-deux formant vitrine, en bois sculpté à
figure de cavalier et ornements, et enrichi de colonnettes
torses.

Haut., 2 m. 20 cent.; larg., 1 m. 5 cent.

19 — Glace de forme carré long en hauteur, avec cadre à
moulures dorées.

19 *bis* — Glace analogue à celle qui précède, mais un peu
plus petite.

20 — Beau contadore en marqueterie de bois de diverses
nuances et enrichi d'incrustations d'ivoire. Les poignées
et les entrées de serrure sont composées d'ornements en
cuivre doré finement découpés à jour.

Les angles inférieurs du meuble sont ornés de cariatides de femmes en bois sculpté, se terminant en gaîne et
reposant sur des animaux fantastiques.

Haut., 1 m. 45 cent.; larg., 1 m.

21 — Bureau plat du temps de Louis XV, à quatre faces, en
marqueterie de bois de rose, garni de bronzes rocaille.

Long., 1 m.; larg., 80 cent.

22 — Grand lit du temps de Henri IV, en bois de chêne sculpté
à colonnettes et baldaquin surmonté de vases. Le dos-
sier offre un médaillon renfermant une figure de Diane
couchée.

La garniture est en damas de soie rouge décorée de rinceaux, de fleurs, de vases, etc., exécutés en chenille de
soie. Elle se compose du ciel de lit, de quatre pentes fes-
tonnées et du couvre-lit. Plusieurs de ces parties portent
un chiffre couronné.

Long., 1 m. 90 c.; larg., 1 m. 28 c.; haut., 2 m. 85 c.

23 — Grand lit breton en bois de noyer sculpté, enrichi de quatre colonnettes torses et surmonté d'un baldaquin à moulures.

Garniture en drap vert foncé brodé à fleurs et rubans en soies de couleurs. Époque Louis XIII.

Long., 2 m.; larg., 1 m. 55 c.; haut., 2 m. 55 c.

24 — Très-grand et beau paravent à dix feuilles en cuir gaufré, décoré d'oiseaux, de fleurs et d'attributs en couleurs sur fond d'or.

Haut., 2 m. 90 cent.

25 —- Très-grand bureau plat en marqueterie de bois garni de bronzes. Époque Louis XVI.

Long., 1 m. 65 cent.; larg., 80 cent.

26 — Table carrée à quatre faces, en marqueterie de bois, à fleurs et rinceaux sur fond noir, et enrichie de moulures en bois sculpté et doré à ornements. Epoque Louis XIII.

Long., 1 m. 30 cent.; larg., 75 cent.

27 — Deux torchères formées par des figures de nègres debout, en bois sculpté, peint et rehaussé de dorure. Travail italien.

28 — Deux grandes et belles glaces de forme carrée, enri-

chies d'encadrements gravés, de rinceaux à jour et de
fleurs en couleurs rapportées. Beau travail italien.

29 — Deux grandes torchères en bois sculpté, peint et rehaussé d'or. Elles sont de forme triangulaire et enrichies
de figurines sculptées en haut relief.

30 — Petite console en bois sculpté et doré, du temps de
Louis XV ; dessus en marbre brèche d'Alep.

31 — Bureau en bois de chêne à moulures. Style Louis XIII.

32 — Petit meuble carré et à hauteur d'appui, à quatre faces,
en bois sculpté à figures et ornements.

Il est garni aux angles de colonnes torses, et contient
trois tiroirs et une case fermant à une porte. Dessus en
marbre vert de mer.

33 — Coffret de forme oblongue en bois à moulures, garni
d'ornements en cuivre jaune découpé.

34 — Autre coffre enrichi de filets incrustés et offrant une
étoile en marqueterie sur sa face principale. La serrure
est gravée. Époque Louis XIII.

35 — Petit coffret en bois noir à moulures, enrichi de
peintures.

36 — Petite table de nuit de forme carrée, à colonnettes aux angles et offrant sur la porte une figure de Cérès sculptée en bas-relief.

Bronzes

37 — Deux chenets Louis XV, en bronze doré, modèle rocaille, enrichis de figurines d'enfants.

38 — Deux autres grands chenets du temps de Louis XVI en bronze doré, modèle à vase et galerie enrichis d'ornements finement ciselés.

39 — Deux grands chenets italiens en bronze, composés d'ornements, de dauphins et de figurines et surmontés de figurines de femmes, la Fortune et l'Abondance. L'extrémité des supports en fer est garnie de cariatides de sirènes.

40 — Deux autres beaux chenets italiens en bronze ; les socles se composent de cariatides de femmes et de draperies, et ils se terminent par des figures debout représentant Mars et Vénus.

41 — Deux chenets et garniture de pelle et pincettes en fer découpé à jour, modèle dit guipure.

42 — Guéridon en fer forgé à feuillages, à enroulements et colonne à balustre.

43 — Pendule Louis XVI en bronze doré en partie sur socle en marbre blanc. Elle est ornée de deux figures, Vénus et Adonis.

44 — Petite garniture de cheminée en bronze et marbre blanc, composée d'une pendule et de deux flambeaux. Époque Louis XVI.

45 — Deux petits vases modèle balustre, en verre bleu, montés en bronze doré et sur socles en marbre blanc. Époque Louis XVI.

46 — Petite garniture de cheminée en bronze doré du temps de Louis XVI. Elle est composée d'une pendule modèle vase et de deux flambeaux à colonnes cannelées.

47 — Cartel Louis XVI, en bronze doré, orné de guirlandes de lauriers et d'un mufle de lion.

48 — Deux girandoles Louis XVI, en bronze doré, à quatre lumières; trois branches ont la forme de cors de chasse.

49 — Autre paire de girandoles, en bronze doré, style Louis XIV.

50 — Denx bras-appliques du temps de Louis XVI, en bronze
doré, à deux lumières, surmontés de vases à trépieds.

51 — Deux autres bras-appliques à trois lumières, en bronze
doré, ornés de têtes de béliers.

52 — Garniture de foyer ou petit landier en fer forgé à rinceaux, accompagnée de la pelle et de la pincette.

53 — Garniture de foyer analogue à celle qui précède, mais
plus petite.

54 — Petite pendule Louis XIII, en bronze doré, à figures et
attributs.

55 — Petit rouet garni en bronze doré. Époque Louis XVI.

56 — Porte-huilier en étain, garni de deux burettes en verre
taillé.

57 — Plat rond festonné en étain ; il offre un buste gravé en-
cadré d'une couronne de fleurs.

58 — Deux petits chenets Louis XIV, en bronze, formées de
vases sur socles carrés à moulures ornées.

59 — Lampe d'église en cuivre argenté.

60 — Lanterne d'antichambre en cuivre poli.

Faïences et Objets variés

61 — Belle coupe ronde en faïence d'Urbino, repoussée à bossages et festonnée; compartiments décorés d'ornements en couleurs variées; au centre, enfant monté sur un cheval au galop.

62 — Beau plat rond en ancienne faïence de Perse décoré d'une figure de cavalier, d'oiseaux, de poissons et de fleurs émaillées en couleurs.

63 — Coupe ronde en faïence d'Urbino, à sujet de personnages décoré en couleurs. Cadre en bois noir à moulures.

64 — Autre coupe ronde en faïence d'Urbino, à sujet de personnages.

65 — Plat rond en faïence d'Urbino, représentant Actéon changé en cerf. Cadre en bois noir à moulures.

66 — Coupe de même faïence repoussée à bossages, présentant au centre une tête de guerrier et enrichie d'ornements en couleurs.

67 — Plat rond en faïence de Perse à décor de fleurs émaillées en couleurs. Cadre en bois noir à moulures.

68 — Plat analogue à celui qui précède, sans cadre.

69 — Deux petits vases forme Médicis, à couvercle, en faïence de Castelli, décorés de paysages.

70 — Deux grands vases de forme ovoïde et anses serpents enroulés: la panse des vases est décorée de sujets bibliques.

71 — Pot à tabac forme d'un cornet, en faïence de Faënza, à décor en camaïeu bleu sur fond jaune d'ocre. Pied et couvercle en étain: ce dernier présente une médaille de Louis XV.

72 — Garniture de trois vases forme balustre à couvercle, en ancienne porcelaine de Saxe, décorés de fleurs.

73 — Deux jardinières de forme cintrée en faïence de Marseille, décor polychrome à fleurs.

74 — Deux autres jardinières de même forme en faïence de Lorraine, décor polychrome à fleurs.

75 — Sucrier à couvercle en ancienne porcelaine de Chine, décoré de fleurs. Monture en bronze doré.

76 — Coupe en ancienne porcelaine du Japon, décorée en bleu, rouge et or. Monture en bronze doré.

77 — Deux petits plateaux en faïence, l'un d'eux de Castelli, décoré de figures.